ENCORE
TROIS FABLES,

EXTRAITES DU PORTEFEUILLE

DE L'ACADÉMIE DES IGNORANS,

PAR

M. LE CHᴱᴿ. DE FONVIELLE,

DE TOULOUSE,

SECRÉTAIRE-PERPÉTUEL DE CETTE ACADÉMIE,

CHEVALIER DE L'ORDRE DE L'ÉPERON D'OR.

La palme due aux utiles écrits,
Je l'obtiendrai de tous les bons esprits.
FABLE IIᵉ.,
Les Naufragés et les Fourmis.

A PARIS,

CHEZ DELAFOREST, LIBRAIRE, PLACE DE LA BOURSE,
RUE DES FILLES-SAINT-THOMAS, Nᵒ. 7,

ET CHEZ L'AUTEUR, RUE RICHER, Nᵒ. 5.

OCTOBRE 1827.

OUVRAGES DU MÊME AUTEUR,

Dont il ne reste qu'un petit nombre d'exemplaires, et qu'on ne trouve que chez lui, rue Richer, n°. 5.

Les demandes qui seront faites à M. de Fonvielle des ouvrages cidessus, doivent lui être adressées franches de port. Le paiement n'en sera fait qu'à la livraison.

Voyez le *nota* au verso du 2e. feuillet de cette couverture.

ENCORE

TROIS FABLES,

EXTRAITES DU PORTEFEUILLE

DE L'ACADÉMIE DES IGNORANS.

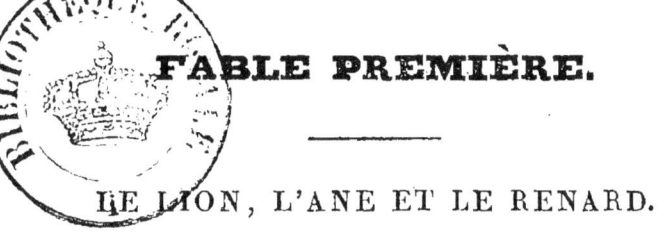

FABLE PREMIÈRE.

———

LE LION, L'ANE ET LE RENARD.

S'ASSOCIER à plus puissant que soi,
Un sage nous le dit, est acte de folie ;
Il fait plus, il le prouve ; et son heureux génie
    A revêtu, de ce je ne sais quoi
Qui de la raison même étouffe le murmure,
    Le conte charmant d'où jaillit
    Cette morale et si vraie et si pure
Dont pour son âge mûr l'enfant fait son profit.
    Pourtant j'ai, de ce même conte
    Arrangé pour d'autres acteurs
    Par un de ces obscurs auteurs
Dont on ne fait nul cas, dont on ne tient pas compte,
    Vu tirer un autre argument
    Qui m'a paru n'être ni moins plaisant,
Ni moins vrai, ni moins bon, ni surtout moins utile.
    Je vais le traduire en mon style.

Puisse-t-il n'y pas perdre ! et vous, mes chers lecteurs,
Puissiez-vous n'y pas voir le dessein sacrilége
      De contester son privilége
      Au prince, au maître des conteurs,
A celui d'entre tous qui seul pût trouver grâce
      Auprès de nos graves rhéteurs
      Tenant la férule au Parnasse,
   En appelant des animaux broutans,
      La pauvre brebis, la génisse,
      Même la chèvre sans malice,
   Et cependant auteur du guet-à-pens,
A partager un cerf devenu leur victime
     (Quoique aussi *leur frère*, à-peu-près,)
      Avec le tyran des forêts
Qui n'aime que le sang et ne vit que du crime !
     Mon auteur dispose autrement
De ce riche sujet. Maître de sa matière,
Nous l'y verrons trouver un autre dénoûment.

   Reveillé par la faim, mauvaise conseillère,
    Un beau matin, sortant de sa tannière,
Sire lion entend se donner dans les bois
    Le passe-temps ou le plaisir des rois ;
C'est-à-dire, chasser. Un âne se présente.
     Tremblant devant sa majesté,
     Il reste la bouche béante ;
     Mais le monarque avec bonté
D'un mot bannit la peur dont son âme est atteinte.
« Tu me viens à propos pour me servir de cor,
Lui dit-il : de ces bois fais retentir l'enceinte
     Du bruit de ta voix de Stentor ;
Le renard que voilà nous mettra sur la trace
     Du gibier traqué dans son fort ;

De mon premier veneur je lui donne la place.
    Partons. » Par son malheureux sort ,
Jeté la larme à l'œil dans les bras de la mort,
Un pauvre cerf bientôt signale les prouesses
Du roi des animaux, qui vous le met en pièces ;
Et sur-le-champ, voulant que chacun ait sa part,
Lui d'abord comme sire , ensuite le renard,
L'âne lui-même enfin , dans la chasse royale,
Charge maître baudet de séparer les lots.
    L'âne obéit. Mais quel scandale !
Comme un juré priseur, ses scrupuleux sabots
    De ces trois parts font l'une à l'autre égale !
A cet aspect, saisi du plus noble transport,
D'un châtiment subit précurseur infaillible,
Le lion vous lui lance un regard si terrible
Que l'âne, en sa frayeur, en tombe roide mort.
Soudain , l'œil du monarque étincelle de joie.
    « Nous avons une double proie
A partager, dit-il : renard, fais ton métier.
    Je la mets d'abord en quartier.
La voilà : prends ta part et me laisse la mienne.
— Sire, c'est fort aisé, répond maître Vulpin !
    Quoiqu'ici tout vous appartienne ,
Puisque vous m'admettez à l'honneur du festin ,
Voici ce que j'y prends. » De l'air d'un saint apôtre,
    Et paraissant n'y toucher qu'à regret,
Il arrache, à ces mots, la queue à feu baudet ,
Et dit : « Voici ma part ; tout le reste est la vôtre.
— C'est trop peu, c'est trop peu, réplique le lion !
Tu mets ici, l'ami, trop de discrétion !
Choisis mieux.— Non, seigneur, pour plus d'une semaine
    Mon lot me suffira sans peine.
J'ai ma part de sujet, à vous celle de roi.

— C'est agir et parler comme il faut ! mais dis-moi,
Qui t'a si bien appris la loi sainte et sévère
De la justice ? — Qui ? c'est ce pauvre baudet.
— Il l'ignora lui-même ! — Eh ! par ce qu'il a fait,
Excitant contre lui votre juste colère ,
Ne m'a-t-il point appris ce qu'il ne faut pas faire ? »

Commente qui voudra ce discours de renard.
Mon auteur s'en abstient : je dois faire de même.
  Accuse qui voudra son art
  D'avoir laissé sa morale un problème.
  Fidèle traducteur, c'est assez pour ma part,
  Si l'on n'a rien à redire à mon thème.

  23 Août 1827.

FABLE DEUXIÈME.

LES NAUFRAGÉS ET LES FOURMIS.

Il n'est point d'ennemi qui soit à mépriser.
Le plus fort n'est souvent que le moins redoutable.
  Sachant ce dont il est capable,
  Voyant tout ce qu'il peut oser,
Je puis, à la prudence alliant le courage,
Déjouer ses complots et défier sa rage.
  Mais qu'opposer à d'obscurs malveillans
  Dont mes dédains insouciaus

Ont laissé pulluler l'engeance misérable ,
    Lorsque, nombreux comme les grains de sable
    Qui de Thétis ceignent les vastes flancs ,
    Et plus fougueux que ses flots turbulens ,
Je verrai tout-à-coup leur essaim formidable
      Envahir jusqu'à mon manoir ?
      Ici, combattre est inutile.
    Fussé-je Hercule ; eussé-je nom Achille ;
    Pour mon salut il n'est plus qu'un espoir.
Une fuite honteuse est mon unique asile.

      C'est ce que va nous faire voir
    Ce conte-ci, qui n'est point une fable,
      Mais une histoire véritable
      Que je tiens de fort bonne part.
En voici le récit sans apprêt et sans fard.

    Jouet des vents et battu par l'orage,
Dans une mer lointaine un vaisseau de haut bord,
Brisé par un rescif en cherchant un abord,
      Périt avec son équipage.
      Le pilote et deux matelots,
Échappés, par miracle, à la fureur des flots,
      Purent seuls gagner le rivage.
      Mais c'était un désert sauvage,
    Vierge du soc, du vieux monde ignoré;
Nul abri ne s'offrant à leur œil effaré,
Bientôt l'horrible faim aurait, sans leur courage,
      Achevé l'œuvre du naufrage.
Neptune, par bonheur, apaise son courroux.
    Au noir tableau de ses eaux en furie ,
      Succède l'objet le plus doux :
C'est le vaisseau flottant sur une mer unie,

Immobile comme elle, et non loin de l'écueil,
Où tant d'infortunés ont trouvé leur cercueil.
Ce n'est plus, il est vrai, que l'ombre d'un navire;
Sans voiles, sans agrès, sans gouvernail, sans mâts,
    Au premier souffle de Zéphire,
Il va sur les rochers se briser en éclats.

    Ainsi, vainqueur d'une injuste fortune,
Ayant subi long-temps l'épreuve du malheur,
Un sage aura trouvé dans le fond de son cœur
La force, la vertu d'une âme peu commune
Qui s'épure et grandit au milieu des revers;
    Bravant des sots et des pervers
Ou les faux jugemens, ou le mépris barbare,
    Il semble enfin avoir dompté le sort;
Mais voilà tout-à-coup que ce tyran bizarre
Par un nouveau caprice a brisé le ressort
    D'une constance et si noble et si rare;
Sa victime succombe à ce dernier effort.
    Je laisse à dire quelle ivresse
    S'empara des trois naufragés!
    Vers le vaisseau chacun s'empresse
D'accourir à la nage; et, d'abord soulagés
Du plus cruel besoin de notre pauvre espèce,
L'un l'autre s'excitant, nos nouveaux Robinson
    Mettent à flot et chargent à foison,
De tout ce qui s'applique aux douceurs de la vie,
La chaloupe, au tillac demeurée asservie.
Plusieurs fois ils ont pu, revenant au butin,
De l'avare Amphitrite appauvrir l'espérance :
    Provisions contre la faim,
Armes et vêtemens, tout ce qui peut enfin
Consoler leur exil, ils l'ont en abondance.
    Bien leur valut! car la brise du soir,

Dès le jour même engloutit leur espoir
De ne laisser qu'une stérile joie
Aux Tritons qui de loin convoitaient cette proie.
Riches colons, nos marins démontés
Auraient pu s'applaudir de leur métamorphose :
Mais il leur manquait quelque chose !
De toutes nos nécessités,
C'est, dit-on, la première ; et je le crois sans peine,
Moi qui, du moins sous ce rapport,
N'eus jamais rien à reprocher au sort.
D'autres disent : c'est une chaîne !
Et ce seul mot suffit pour les en détourner.
Pauvres humains ! c'est bien là votre allure !
Sur le bonheur pourquoi tant raisonner ?
Ah ! croyez-moi : laissez-vous entraîner
Aux doux penchans de la nature.
Ceux-là seuls ne nous trompent pas...
Mais ce n'est point ici le cas
D'appuyer sur cette morale !
Nos pauvres gens sont loin d'en faire leur profit !
Plaignons-les d'être veufs de la terre natale
Et reprenons notre récit.
Aux lions de la Numidie,
Aux tigres, aux fiers léopards,
Didon dut disputer le sol où son génie
Fonda Carthage et bâtit ses remparts.
Tous les déserts de la jeune Amérique
De ces animaux carnassiers
Alors étaient remplis, et nos aventuriers
Contre leur rage famélique
Ayant à lutter des premiers,
Long-temps d'adresse autant que de courage
Eurent besoin pour les chasser loin d'eux.

Ils en vinrent à bout enfin ; et, trop heureux
      D'avoir purgé leur entourage
      De ces voisins si dangereux,
Ayant même détruit la race abominable
De ces serpens géants, aux sonores replis,
      Avant eux maîtres du pays ;
      Dans leur paisible solitude,
Où, d'une terre vierge obtenant sans effort
Des biens payés ailleurs du travail le plus rude,
      Ils vivaient sans inquiétude ;
    Ils se montraient presque contens du sort.
    Mais, de l'un deux, lorsque la colonie
      Avait à combattre à-la-fois
      La rage des monstres des bois
      A celle des serpens unic,
      Ils avaient dédaigné l'avis.
      Celui-ci, voyant des fourmis
      De leurs greniers en rondes bosses,
En le défigurant, couvrir tout le pays,
      Voulait, comme aux bêtes féroces,
Qu'on leur donnât la chasse ; et qu'en leurs souterrains
      Ces insectes républicains
Fussent brûlés. Mais on le laissa dire.
      On délogea, sans les détruire,
Les fourmis qui, dès-lors, n'ayant qu'à déguerpir,
      Purent émigrer à loisir.
    Qu'en advint-il chez la gent fourmilière ?
    S'assembla-t-elle en corps de nation ?
      Y fit-on flotter la bannière
Et sonner le tocsin de l'insurrection ?
Y fut-il décidé qu'on tirerait vengeance
      De l'affront fait à quelques sœurs ?
      Enfin, à leurs persécuteurs,

Déclara-t-on , pour prix de leur offense ,
 Guerre à mort, guerre à toute outrance ?
Ce détail , j'en conviens, me semblerait touchant.
 J'aimerais voir sur le ton oratoire
 Le droit des gens , le possessoire
En un club des fourmis jugés d'un ton tranchant.
Mais ceux d'après lesquels je redis cette histoire
Ne m'en ont rien appris... Pourtant il est à croire
Qu'il doit être arrivé quelque chose approchant.
 Fière raison , je t'offense sans doute !
 Instinct grossier , je t'élève trop haut !
Mais je n'invente rien : que celui qui m'écoute
S'en prenne à mon souffleur, s'il me trouve en défaut.
 Avez-vous vu l'avalanche terrible
Des rocs voisins du ciel descendre en tourbillons ?
Elle roule et grossit : sa force irrésistible
S'accroît à chaque instant. Dans le fond des vallons ,
Des hameaux engloutis ne cherchez plus la trace ;
Comme l'herbe des prés fauchés à chaque bond ,
Eux-mêmes , emportés dans son cours furibond ,
 Les vieux pins n'ont pu trouver grâce.
 Telle, en un désert effrayant ,
Tombeau silencieux de la nature entière,
 La caravane aventurière
Voit le sable, d'abord mollement ondoyant ,
Soulever par degrés ses vagues homicides.
 Agitant leurs cîmes livides ,
 Bientôt des flots tumultueux
Hurlent en grandissant, et ces plaines arides
N'offrent plus que l'aspect d'un chaos ténébreux ,
Image du combat de la terre et des cieux.
L'enfer, dont la fureur ne peut être assouvie
Tant qu'un être vivant bravera son effort ,

Brûle de tous ses feux sur ce funeste bord :
   Au gré de sa cruelle envie,
  L'éther lui-même a perdu son ressort.
   On pense respirer la vie ;
   On ne respire que la mort !
La mort !.. On vous a dit comme, au cap des tempêtes,
Ce squelette affamé, suspendu sur leurs têtes,
Agitant à leurs yeux sa redoutable faulx,
Souvent remplit d'effroi les pâles matelots !
   Leur trépas est inévitable.
   Ils périront. Du sein des flots,
   Voyez quel syphon formidable
   S'élève et menace le ciel !
Quel amas d'eau se roule en immense colonne !
  Sa base est un gouffre cruel
Où se doit engloutir tout ce qui l'environne ;
   Bravant la foudre et le feu des éclairs,
Son sommet est caché dans la nue orageuse
   Jusqu'au moment où sa masse orgueilleuse
  De tout son poids ira jusqu'aux enfers
   Ébranler leur voûte fangeuse.
   En proie à de pareils fléaux,
Que peut l'homme ? qu'est-il, chétive créature,
   En présence de la nature
Soulevant contre lui l'air, la terre, les eaux,
Les glaces du Spitzberg, les flammes du Vésuve,
Ses bitumes lancés de cette immense cuve
   Qu'embrasent les feux sous-marins,
   Ces feux, la terreur des humains,
Dont le foyer unique ébranle les deux pôles ?...
  Mais à quoi bon toutes ces hyperboles,
Me dira-t-on ? Qu'importe à tes trois naufragés
Bien repus, bien vêtus, passablement logés,

Tout ce fracas? S'il faut t'en croire,
Puisqu'ils n'ont plus pour ennemis
Que des fourmis,
Tu peux en rester là : nous savons leur histoire.
Pardon ! pardon, mon cher lecteur !
Écoute encore et sors de ton erreur.
Tranquillement assis sous un dais de verdure,
Après de faciles travaux
Toujours payés avec usure,
Mes colons savouraient les douceurs du repos.
Tout-à-coup, à leurs yeux, la terre rembrunie
Se montre au loin sous un aspect nouveau.
Vainement chacun d'eux se creuse le cerveau ;
D'un tel effet la cause échappe à son génie.
Cependant, sans relâche, à leurs regards surpris,
S'agrandit et s'étend un lugubre tapis,
Sous lequel disparaît l'éternelle verdure
Dont la bienfaisante nature
Prodigue de ses dons envers ces beaux climats,
Que. n'attrista jamais le souffle des frimats,
Compose leur riche parure.
De moment en moment pâlit l'éclat du jour.
L'horizon, du soleil absorbant la lumière,
Semble, s'enveloppant d'un voile funéraire,
Annoncer de la nuit le précoce retour.
Curieux d'un tel phénomène,
Nos colons inquiets s'avancent dans la plaine.
Ils sont armés ; mais quel objet d'horreur !
Et, pour eux, quelle est ma terreur !
Malheureux ! vous songez à vous mettre en défense !
Eh ! comment arrêter le torrent qui s'avance ?
Dans son apparente lenteur,
Voyez comme, imitant la lave paresseuse,

Non moins irrésistible, en sa course trompeuse,
Ce peuple mirmidon contre vous conjuré,
Ardent, infatigable, a franchi la montagne!
Poursuivant ses desseins, de vengeance altéré,
Vous le voyez sans cesse envahir la campagne.
Qu'offre-t-elle partout? des fourmis! des fourmis!
Voulez-vous avec moi compter vos ennemis?
      Sachez le nombre des étoiles;
Joignez-y les cailloux des fleuves et des mers;
    Ajoutez-y ce que, dans l'univers,
    Lorsque l'Érèbe a déployé ses voiles,
      Renferme l'espace des airs,
    De bulles d'eau, de gouttes de rosée,
    Dont chaque nuit la terre est arrosée:
Vous serez loin encor de ce dénombrement.
De l'un des trois colons (on devine aisément
    Lequel) tel fut à-peu-près le langage.
    On l'accusa de manquer de courage.
      Il en convint; et tristement,
      Condamné militairement
A rentrer au logis pour garder le bagage,
    Il y revint subir son jugement.
      Aussitôt le combat commence.
      Enflammé d'une égale ardeur,
    Chaque parti l'un vers l'autre s'élance.
      Mais, hélas! quelle est ta démence,
Peuple nain? Où t'emporte une aveugle fureur?
Que de sang! que de morts! quel horrible ravage
A châtié déjà ton impuissante rage!
Toi! t'attaquer à l'homme! Eh! ne sais-tu donc pas,
      Faible et rampante créature,
      Qu'il est le roi de la nature
      Et le ministre du trépas?

Atôme imperceptible ! à chacun de ses pas,
    Frémis et tremble pour ta race !
Quel Homère, en effet, les suivant à la trace,
Pourrait des deux colons exprimer les transports,
Et sous leur pied vengeur, qui jamais ne se lasse,
Compter leurs ennemis descendus chez les morts ?
    Mais quel sera le prix de tant d'efforts?
Mille ont péri ! cent mille ont déjà pris leur place !
A peine ont-ils reçu le prix de leur audace,
Cent autres bataillons, disputant de valeur,
Courent leur succéder à ce poste d'honneur !
Chacun a son Ajax, chacun a son Achille !
    Intrépide autant que docile,
A la voix de ses chefs, on voit chaque soldat,
Sûr de trouver la mort en cherchant le combat,
S'élancer avec joie au devant du carnage.
Plus grand est son péril, plus grand est son courage.
Tous meurent. Nul ne fuit.... Protégés par le sort,
Quelques-uns cependant, par un heureux effort,
De ce vaste charnier échappés par miracle,
A leurs desseins communs ne trouvent plus d'obstacle.
Soudain la scène change : ayant pris son essor,
Sur le corps des géans on les voit se répandre.
    De plus en plus enflammés de courroux,
    Ceux-ci, forcés de s'en défendre,
Involontairement ralentissent leurs coups.
Ce seul instant de trève a rompu la barrière.
    Libres de se donner carrière,
En un clin-d'œil les soldats négrillons
S'élancent ; les géans, de la tête aux talons,
    Ne sont plus qu'une fourmillière.
Le feu vient à leur aide en cette extrémité.
Du silex pétillant contre l'acier heurté,

Tombé sur l'agaric ; bientôt à la bruyère
    Le soufre l'a communiqué :
L'incendie enveloppe un des corps de l'armée,
Qui brûle, infectant l'air, ou périt suffoqué
Dans les noirs tourbillons d'une épaisse fumée ;
Tandis que nos colons, l'un l'autre s'entraidant,
Se hâtent de chasser et de livrer aux flammes
    Les milliers d'insectes infâmes
Dont la pince maudite et l'importune dent
    Ont mis à bout leur patience.
    La victoire leur échappait ;
    Mais leur courage qui renaît
    Leur en a rendu l'espérance.
Cependant, des fourmis manœuvrant sur leurs flancs
    On voit les phalanges guerrières,
D'abord, de l'ennemi déborder les derrières,
Puis, par un long circuit, s'avancer sur deux rangs
Et réunir enfin leurs ailes régulières.
Un cercle de fourmis, que ne franchiront pas
Les malheureux colons dévoués au trépas,
Est formé ?.... C'en est fait ! pour eux plus de retraite
Ils mourront en héros après mille combats :
L'ennemi, je le sais, paîra cher leur défaite :
Mais ils mourront !.... Théâtre à jamais abhorré
    De leur inutile vaillance,
    Déjà, du centre à la circonférence,
    De plus en plus épaissi, resserré,
    Le cercle qui les environne,
    Et qui doit être leur cercueil,
    D'un immense manteau de deuil
N'offre plus que l'aspect lugubre et monotone.
Eux-mêmes, voyez-les vainement s'agiter
Sous ce manteau fatal qui les met en délire.

Dévorés tout vivans, à cet affreux martyre
　　　Qu'ils ne peuvent plus supporter,
Ils succombent enfin; de leur longue souffrance,
　　　Après un si pénible effort,
Trop heureux de trouver dans les bras de la mort
　　　Une tardive délivrance !
　　　Voyant leurs ennemis à bas,
　　　Les chefs volent, enflés de gloire,
Au logis des vaincus, suivis de leurs soldats...
Et, sans doute, entonnant les chants de la victoire !...
Mais c'est, je l'avoûrai, ce qu'on ne m'a point dit.
Le colon survivant, de qui je tiens ce conte
　　　Dont quatre mots vont finir le récit,
　　　De ce détail ne m'a pas rendu compte.
Malgré lui du combat inutile témoin,
　　　Et de cette lutte héroïque
Ne prévoyant que trop le dénoûment tragique,
　　　Mon conteur avait pris le soin
　　　De déménager l'ermitage ;
De sa chaloupe à l'ancre à dix pas du rivage,
Corps et biens à l'abri de tout malin vouloir,
D'un œil philosophique et sans s'en émouvoir,
Il vit la bande noire, achevant son ouvrage,
　　　Après avoir fureté le manoir,
Dévasté le pays et rasé la campagne,
　　　Se rallier sous ses mille étendards,
　　　Virer de bord, repasser la montagne,
　　　Et disparaître à ses regards.

Eh quoi! vont à-la-fois, de ce ton ironique,
Qui d'un sel si piquant aiguise leur critique,
　　　S'écrier certains érudits

Dont la plume encyclopédique

Chaque matin endoctrine Paris!

Quoi!.... c'est là tout! creuse encore ta cervelle,

L'ami!.... pousse jusqu'à la fin

Ce cours trop incomplet d'histoire naturelle!

T'arrêter en si beau chemin!

Fi! tu serais impardonnable!

Car, sérieusement, tu n'as pas entendu

Nous le donner pour une fable!

— Pourquoi non? c'est pourtant ce que j'ai prétendu.

— Tout de bon? — Tout de bon. — Le trait est impayable.

Quoi! c'est avec l'inimitable

Que tu viens de joûter?.... Nouveau Bellérophon,

Tu poursuis en vain la Chimère!

Descends de ton Pégase; et, non moins téméraire

Mais un peu moins choquant, en ton style bouffon,

Dépèce, dans tes vers, Lacépède et Buffon;

Peut-être, alors, un indulgent silence,

Voilant pour ton talent notre mépris profond,

D'un copiste sans importance

Épargnera la suffisance.

Mais venir, d'un air doctoral,

En cinq cents bouts rimés.... rimés!... tant bien que mal,

Froidement alignés, sans couleur, sans génie,

Sans mouvement, sans harmonie,

Sans nerf, sans goût, sans but moral,

Nous débiter, à perdre haleine,

Un conte qui ne finit pas;

Et t'ériger, tout fier de ce galimathias,

En élève de La Fontaine!

Peut-être aussi te croire son égal!

Que sait-on?.... c'est trop fort!... il faut tirer l'échelle,

Chez ce maître, à jamais désespérant modèle,

Chez ce génie original,
Qui, seul, de sa plume immortelle,
En posant sa borne éternelle,
A de son art créé le code spécial;
Est-il rien qui ressemble au bizarre délire
Du démon bavard qui t'inspire ?
Ce que, depuis un siècle, on a dit mille fois ;
Ce que répèteront, d'une commune voix,
Les siècles à venir ; faut-il te le redire?
Imitateurs! ô servile troupeau !
Cherchez ailleurs à vous donner carrière !
Après lui La Fontaine a fermé la barrière.
C'est ce que vous a dit Boileau,
Lorsqu'écrivant le code du Parnasse,
Il a du fabuliste escamoté la place
Et laissé de son art le chapitre vaquer.
Que ce silence est énergique !
Comme il est aisé d'expliquer
Cette lacune allégorique !
Solon, chargé du plus sublime emploi,
A son code pénal épargna la souillure
Du plus grand des forfaits ; craignant, à la nature,
S'il l'eût puni par une expresse loi,
De faire une coupable injure.
Ainsi, lui refusant ses vers inspirateurs,
Au peuple des imitateurs
Despréaux interdit le genre de la fable,
Genre attrayant par sa fécondité
En apparence inépuisable,
Mais qu'un génie inimitable
A frappé de stérilité.
— Là ! là, Messieurs ! calmez votre Minerve !
Convenez-en : quand vous êtes en verve,

2

Chez vous aussi cela ne va pas mal!
Si, du haut de votre journal,
Où le vain bavardage a droit de bourgeoisie
Autant et plus qu'ailleurs, il vous prend fantaisie
De sermoner; verbeux comme un savant,
Graves comme un augure et tranchans comme un juge,
Ne remontez-vous pas au-delà du déluge,
Pour en venir au fait et donner le pendant
De la montagne en mal d'enfant ?
Ici, du moins, quoique vous puissiez dire,
Ce n'est pas seulement
Du vent,
Qui, de ma fable (ou bien de ma satire,
Choisissez : quel qu'il soit, le nom n'y fera rien,)
Sortirait, si j'allais trancher le nœud gordien
Qui, seul, protége encor, dans nos jours de délire,
Des plus tristes erreurs le déplorable empire.
Ma fable, dites-vous, n'a pas de but moral?
Je veux vous passer tout le reste!...
Je n'en dispute pas!... Mais, ce point capital,
Hardiment je vous le conteste!
Qui sait? Peut-être un cerveau libéral,
Sous un certain aspect considérant ma thèse,
Et pris dans mon filet, viendra-t-il plaisamment,
Alléché par mon dénoûment,
Dans une lourde catachrèse
Ensevelir votre argument!
C'est-là que j'attends sa faconde!
Ajoutant à ma fable une moralité
A sa manière, il se sera flatté,
Plus clairvoyant que vous, d'incendier le monde!
Achevant de vous démentir,
On me verra saisir le téméraire;

Le contraindre à se repentir ;
Le désarmer, du moins, et le faire rougir
De sa morale incendiaire.
La mienne, alors, exposée au grand jour,
Et de nos temps mauvais prévenant le retour
Qu'appelle à haute voix une aveugle licence,
Aux bons cœurs rendra l'espérance.
La palme due aux utiles écrits,
Je l'obtiendrai de tous les bons esprits !....
Non celle dont Monthion, philosophe pratique,
Du vrai, du bon, apôtre généreux,
Un peu vague peut-être en ses plans vertueux,
Mais parfait citoyen, au zèle académique
A légué le fardeau quelque peu périlleux
Et l'embarras périodique ;
Mais celle que toujours, juste autant qu'éclairé,
N'attendant pas qu'un rêveur à ses gages,
En son journal lui dicte ses suffrages,
Indépendant, à lui-même livré,
Un public étranger à toute coterie
Se plaît à décerner à ceux qui, comme moi,
Ayant toujours servi Dieu, la France et son Roi,
Cherchent sincèrement le bien de la patrie.
La détachant d'une moralité
Qu'il me plaît d'ajourner, pour bonne et juste cause,
Et dont personne, au moins je le suppose,
Ne saisira dans son intégrité,
Ni l'objet, ni le but, ni la simplicité
Déjà ma fable, sans sa glose,
A ce cachet d'utilité,
Qui, tôt ou tard, plus prisé qu'on ne pense,
Dans le bon sens public trouve sa récompense....
Mais ce titre modeste offusque ton regard,

2.

Lecteur quinteux, critique impitoyable!
Et selon toi ce n'est point une fable
Que je te donne ici! c'est un genre bâtard,
Un genre faux, un genre détestable,
Qui n'a tête ni queue et moins encor de nom !
    — J'entends !... ce n'est pas du classique?
    — Du classique? Oh! pour cela non!
    — Eh bien! c'est donc du romantique ?
Soit! dans ce cas, pourquoi me mutiler,
En m'imposant d'une règle idéale
Le joug dont chaque jour tant d'autres, sans scandale,
Impunément ont pu se dételer?
    — Tout beau! tout beau, l'ami! ton pis-aller
    Te laisserait un virtuose!
Nous ne le passons pas !.... — Ah! Messieurs, cependant,
Encore faut-il bien que je sois quelque chose.
    Cherchons par où j'ai mérité
    De me voir ainsi maltraité.
    Expliquons-nous sans équivoque.
    Chez moi qu'est-ce donc qui vous choque ?
Vous l'avez dit : c'est ma prolixité,
    Et vous m'opposez la manière
    De l'ami de la Sablière,
Que l'on voit en courant semer ce qu'il écrit
    De traits charmans qui ravissent l'esprit ;
Et, tant riche soit-elle, épuiser sa matière ;
Mais dans un cadre étroit enfermer son récit...
    Il n'est point d'éloge plus juste.
Ce genre est enchanteur ! Mais est-ce une raison
    Pour en faire mon diapason,
    Mon moule, mon lit de Procuste.
Eh! qu'est-ce donc qui peut vous contenter ?
Adorateur fervent du prince de la fable,

Si je m'essaie à l'imiter,
Vous me criez : Arrête! il est inimitable!
Profane! de son art le secret est perdu ;
Et ce n'est pas par toi qu'il nous sera rendu!
 A cet honneur quiconque ose prétendre
 S'achemine vers Charenton !....
Arrive-t-il que, fatigué d'entendre
 Ce lieu commun de feuilleton ,
Ce vieux rébus, je tente une autre voie;
 Même rumeur.... Je me fourvoie,
 S'il faut en croire vos sifflets,
 En répudiant la tutelle
 Du seul véritable modèle
 De tout fabuliste français !
J'en appelle , Messieurs. Non, le champ de la fable
 N'est point fermé, ne le sera jamais.
 La Fontaine est inimitable,
Dites-vous ?.... Qui le nie?... Il l'est, sans doute! Eh bien!
Il eut son genre à lui? je veux avoir le mien.
Le chemin le plus court est celui qu'il préfère !...
Son succès me défend de quereller son choix ;
 Mais, peut-être, est-ce quelquefois
Un larcin qu'il nous fait. Toujours certain de plaire ,
Il eût pu mieux qu'un autre allonger sa carrière.
Pour moi, toujours forcé de créer mon sujet,
 Je n'adopte pas de mesure,
 Et chacun, selon son objet,
Se resserre ou s'étend. Voulant surtout, aux mœurs
 De tous mes interlocuteurs,
 Laisser leur physionomie ;
Le chemin le plus long me convient-il le mieux ?
Je le prends. La Fontaine, un peu facétieux,
 Pour aller à l'Académie,

Lui-même, comme moi, le prit un jour, dit-on.
Il arriva pourtant et reçut son jeton.

   Peu craintif de votre férule,
   Je l'imite ici sans scrupule.
Il fut original ! Je veux l'être à mon tour.
  Assez long-temps, à la ville, à la cour,
   OEuvre de mon insouciance,
J'ai de mon siècle ingrat subi l'indifférence.
Je la repousse enfin ! La justice d'un jour
De trente ans de dédain doit réparer l'offense.
Telle on a vu naguère, à la voix d'un héros
Des jeux brillans de Mars lui r'ouvrant la carrière,
   La France, lasse de repos,
Tout-à-coup retrouvant son audace guerrière,
   Réhabiliter ses drapeaux :
  Telle, rendue à sa vigueur première,
   Ma Muse septuagénaire
Se réveille indignée, et dans un saint transport,
Fixant de l'avenir la carrière infinie,
   Sûre, par un dernier effort,
D'étouffer dans ses bras le démon de l'envie,
Aux portes du tombeau ressaisira la vie
   Dans le sein même de la mort.

    Le 22 septembre 1827.

FABLE TROISIÈME.

LE MARMOT.

« Faites-moi donc cesser ce petit drôle !
Je n'aime pas qu'on joue avec le feu !
Ma femme, renvoyez ce pendart à l'école,
    S'il n'est pas sage ; ou nous verrons beau jeu. »
        Ainsi parlait maître Mathieu
        A sa ménagère Nicole.
        Elle, sans se troubler l'esprit,
        Tout en filant lui répondit :
    « Suis-je pas là ? qu'est-ce qui vous tracasse ?
    Laissons jouer notre pauvre petit.
        Ne faut-il donc pas, comme on dit,
    Mon cher mari, que jeunesse se passe ? »
On sent que le marmot, de cette humeur bonace,
    Ne manqua pas de faire son profit.
De sa gaule, au foyer sans cesse raccourcie,
Il enflamme un des bouts et fait, à tour de bras,
        Des ronds, des zig-zag, des éclats,
        Dont sa prunelle est éblouie.
        A sa mère il fait admirer
        Ou l'étincelle pétillante,
Ou le ruban ardent, ou la braise mourante
        Que l'air finit de dévorer.
Éteinte, il la rallume, et son léger caprice
        Ne trouvant rien de plus plaisant

Que ce joli feu d'artifice ,
La joie au cœur, le nez au vent ,
Va courant , sautillant, tournoyant,
Tant qu'à la fin , las de cet exercice ,
Il plante là sa gaule et prend son bilboquet,
Puis son sabot , puis sa poupée....
De plaisir toujours occupée ,
Telle est l'enfance ! âge heureux, en effet ,
Ne fût-ce que par l'importance ,
Qu'en son aimable pétulance ,
Il attache à tout ce qu'il fait !
Non moins heureux par son imprévoyance !
Pour les enfans il est un dieu , dit-on.
On en dit autant de l'ivrogne
Dans mon bon pays de Gascogne ;
Mais ce dieu , quelquefois (j'en demande pardon
A l'inventeur, de cet adage),
Sait mal jouer son personnage.
Ainsi fit celui du marmot.
En souffrant que dame Nicole
Traitât son mari comme un sot,
Il permit que , de cette gaule
Tant suspecte au prudent Mathieu ,
Une étincelle incendiaire
Vînt tomber sur la chiffonnière.
Vers minuit , la maison en feu
Menaça brusquement la ville tout entière.
Accourant au bruit du tocsin ,
Chacun s'empresse à dompter la furie
De cet effroyable incendie.
On en vint à bout à la fin ;
Mais le pauvre Mathieu resté nu sur la place,
Sa Nicole et leur étourneau,

De la grillade heureux d'avoir sauvé leur peau,
  Furent réduits à la besace.

 Mathieu, c'est moi : je vous le dis sans fard.
  C'est moi, que l'on n'écoute guère !
  Nicole, c'est ce ministère
  Qui se repentira trop tard
 D'avoir cessé de tenir en lisière
Ce grand enfant, ce peuple indiscret et bavard,
  Encore à son apprentissage
De nos modernes lois, qu'il essaie à rebours !
Envers et contre tous, je soutiendrai toujours
  Qu'il n'est pas bon, qu'il n'est pas sage
 D'ouvrir la lice à tous les sots discours
  De nos savans à la douzaine.
  Ce jeu n'est qu'un vrai cassecou
  Pour la pauvre raison humaine,
  Qu'il mène, hélas ! on ne sait où.
  Voit-on des ponts sans garde-fou,
  Des bacs sans une bonne traille ?
  Faites de la presse un joujou,
  Vous n'en tirerez rien qui vaille.
  Nos pauvres petits écrivains,
  A qui vous laissez dans les mains
  Ce hochet perfide et frivole,
  Sont comme l'enfant de Nicole.
  Laissez-les aller jusqu'au bout,
  Ils vous mettront le feu partout.

 Juillet 1819.

POST-FACE.

Il m'est pénible de me trouver en opposition de principes sur la liberté de la presse avec des hommes dont je vénère le talent, le noble caractère, même les intentions, tout en déplorant la passion tyrannique qui leur impose la défense de l'erreur la plus pernicieuse et cependant la plus palpable; ce qui m'afflige d'autant plus pour eux.

Depuis le rétablissement de la censure (1), des brochures sans nombre, la plupart même distribuées gratuitement, ont cherché à remplacer le mal que nos journaux sont à tort supposés ne pouvoir plus continuer de faire, mais qu'ils font en effet un peu moins, ce qui est déjà un très grand bien.

Je sais d'avance tout ce qui peut être allégué en faveur de la malheureuse manie de notre pauvre siècle.

---

(1) Je ne puis m'empêcher de le dire, cette censure ne ressemble en rien à celle que je propose depuis trente-un ans, et qui n'est autre chose que celle que Louis XVIII a implicitement mais très incontestablement renfermée dans sa Charte, où sont bien d'autres choses encore qu'heureusement et malheureusement on n'a pas su y découvrir. Une charte en soixante-seize articles a, il est vrai, quelque chose d'imposant comme la pleine lune, avec laquelle elle a des traits frappans de ressemblance: sa majesté mystérieuse, son jour douteux et la propriété de présenter divers aspects aux astronomes, dont les uns y voient des lacs, là où d'autres voient des montagnes, d'autres un trou qui la traverse de part en part; mais réduite à dix lignes (et c'est à cela qu'elle arrivera insensiblement), elle aurait ressemblé à l'étoile polaire qui brille d'un éclat qui n'est point emprunté et ne varie jamais, et qui jamais aussi n'égare les navigateurs.

Je le sais si bien, que, si j'étais taillé de manière à pouvoir me complaire dans cette débauche d'esprit, je me flatterais d'aller, pour soutenir cette mauvaise thèse, plus loin que n'ont été et ne croient même pouvoir aller les plus subtils dissertateurs de la secte anti-réglementaire; et, par conséquent, de fasciner plus complètement les pauvres dupes qui se laissent imboire de leurs vaporeux paradoxes.

Aussi n'ai-je pas recherché une seule de ces productions.

Pas une d'elles ne m'était encore parvenue lorsque, aujourd'hui 25 septembre, dans l'espoir de me détourner de reproduire au jour ma fable, LE MARMOT, qui, selon lui, peut me donner pour ennemis tout ce qu'il y a de plus respectable dans l'opposition royaliste (1), un ami, me voyant occupé de corriger ma dernière épreuve, m'a apporté l'écrit de M. Hyde de Neuville, intitulé : des *Inconséquences ministérielles*.

A moins de me présenter du *Châteaubriand*, il serait difficile de me mettre aussi fortement en état de doute sur mes perceptions personnelles et de me fournir un motif d'hésitation plus puissant, que celui de me voir en contra-

---

(1) Moi! des ennemis parmi les royalistes! les libéraux ne présentent pas cette monstruosité. Quelqu'un qui aurait servi leur cause comme j'ai servi la cause ingrate à laquelle je me suis immolé, serait par eux porté aux nues. Cela provient uniquement de ce que les royalistes ne sont pas un parti, ce qui établit dans leurs opinions une sorte d'anarchie résultante de ce qu'aucune force directrice n'en protége l'homogénéité. Le caractère distinctif de la vraie religion royaliste, c'est une horreur réfléchie pour la liberté de la presse, telle que la veulent nos libéraux. Tout ce qui s'écarte de là est hérésie et rentre dans les voies révolutionnaires. J'aurai plus tard, je l'espère, l'occasion de développer cette vérité capitale.

diction avec un personnage aussi respectable que l'est à mes yeux cet honorable député de la Nièvre.

Mais j'ai lu sa brochure, et elle n'a fait que me confirmer dans ma résolution de refuser le même honneur à toutes celles qui ont traité ou qui traiteront dans le même sens une question si simple aux yeux de la raison; une question dont, si les passions ne s'en mélaient, pas, la solution ne pourrait offrir aucune espèce de difficulté à tout royaliste quelconque, qu'il le soit avec condition, comme certaines gens, qui assurément ne se comprennent pas eux-mêmes, ou sans condition, comme moi, qui me comprends parfaitement; une question enfin qui ne peut en être une pour tout homme de bien dont une passion malheureuse ne vicie pas l'entendement à son insu, ou qu'un intérêt d'amour-propre n'enchaîne pas malgré lui à l'erreur par de fâcheux antécédens et par cette pitoyable fausse honte, si puissante sur les âmes vulgaires, mais dont des esprits supérieurs, plutôt que de plier sous son joug flétrissant, devraient savoir se dégager.

Si la restauration ne m'avait pas fait trop pauvre pour qu'il me soit permis de m'abandonner aux inspirations de mon zèle, moi aussi je ferais des brochures que je distribuerais gratis, comme, après le 20 mars, on m'a vu le faire en personne à la Porte St.-Denis où, Buonaparte étant aux Tuileries, je semai dans les mains de tous les passans ma pétition aux chambres d'alors pour demander le rappel des Bourbons.

Ce que je demanderais aujourd'hui, ce serait le rappel du bons sens qui semble s'être enfui loin de nous à l'apparition d'une censure qui cependant est encore, selon moi, bien incapable de répondre aux besoins de nos temps de folie et aux vœux de quiconque n'a pas fait avec la raison un divorce complet.

Comme penseur, M. Hyde de Neuville a échappé à l'approbation que je m'étais fait un plaisir de lui réserver en me résolvant à le lire.

Comme compilateur, il m'a fait admirer sa patience, car il en faut beaucoup pour fouiller comme il l'a fait dans le *Moniteur* et dans des brochures perdues de vue depuis dix ans !

Mais, dans tout ce déluge de citations, à la lecture desquelles je conçois qu'on ait été comme ravi en extase dans certains salons, je n'ai rien vu de concluant en faveur de la thèse que le député de la Nièvre a entrepris d'y soutenir.

Une question de cette importance doit être vue d'un point plus élevé.

Elle veut être traitée à fond, sérieusement, avec tout l'appareil d'une saine logique, et non avec le jargon d'une opposition passionnée, et moins encore avec l'artifice, à-la-fois facile et frivole, de ne parler que par la bouche même de ses adversaires, prenant tous les argumens dont on appuie ses opinions dans leurs propres écrits.

Eh ! que m'importe, à moi, qui détourne la tête à la vue du scandale au lieu d'y chercher un plaisir ; à moi, qui soupire sincèrement après la vérité ; que m'importe ce qu'ont dit ou pensé, à telle ou telle époque, tels ou tels personnages ?

Que m'importe de savoir qu'ils disent ou pensent autrement aujourd'hui ?

Prouvez-moi qu'ils avaient raison alors, et que, par conséquent, ils ont tort maintenant ; ou bien vos citations sont pour moi sans la moindre importance.

J'y vois bien, pour vous, le plaisir d'une satire qui, fondée ou non, a soulagé le poids d'un sentiment qui vous tourmente, que vous voudriez m'inoculer et contre lequel par cela même vous me mettez en garde ; mais je n'y vois, pour moi, aucune instruction positive, aucun moyen de

démonstration ; en vous lisant, malgré tous mes efforts
pour en tirer quelque profit, attendu que je ne suis pas de
ceux qui aiment à mâcher à vide, je sens, à chaque ligne,
que je ne fais autre chose que perdre un temps que j'aurais
pu mieux employer (1).

Que signifie d'ailleurs cette exigence si présomptueuse
d'après laquelle il serait interdit à un homme de bonne foi
de changer d'opinion si, par quelque circonstance heureuse,
il lui arrive de reconnaître que ce qui, jusque-là, lui avait
paru la vérité, n'est en réalité qu'une erreur qu'il doit abandonner ?

Qu'est-ce donc que cette stupide opiniâtreté que vous me
proposez d'adopter comme le correctif de ma faillibilité
naturelle?

Quoi ! vous me savez, et, comme moi sans doute, vous êtes
convaincu de la faiblesse de nos organes intellectuels, de
l'incertitude de la raison humaine ; et cependant, si j'ai eu
le malheur de m'égarer une seule fois, vous me condamne-
rez impitoyablement à continuer de marcher dans la fausse
route où je me suis engagé en aveugle; et vous m'interdirez,
sous peine d'être accusé *d'inconséquence*, de rentrer dans
la bonne voie !

C'est donc au nom de mon orgueil que vous me poussez
à ma perte !

Je conçois très bien ce calcul ; et l'orgueil, en effet, ne

---

(1) N'est-ce pas là ce qu'éprouve tout lecteur sensé quand il a le malheur
si fréquent de tomber sur un de ces articles de journal, où le rédacteur,
pour faire le savant et le beau diseur, sue sang et eau pour battre la
campagne à droite et à gauche avant d'en venir à son fait, et emploie une
colonne entière à se plaindre du peu d'espace qu'il peut accorder à l'objet dont il vous parle enfin en quelques lignes qui ne vous disent rien,
et ne vous laisse que la fatigue dont vous a assommé son inutile et verbeux préambule.

fait pas autre chose! Mais, ici, vous voyez bien que vous le poussez à rebours; car il trouvera mieux son compte à ce que je donne lieu à tous de dire de moi que je suis un homme de sens qui sait se rendre à la raison, et non pas un sot opiniâtre.

Mais, me dites-vous, ces hommes, dont je vous rappelle les opinions qu'ils professaient il y a dix ans, ne les ont abandonnées que par l'intérêt de leur position actuelle: celles qu'ils défendent aujourd'hui sont l'œuvre de cet intérêt!...

Commencez donc, s'il faut que je vous croie, ce qui m'est assez difficile, à moi, qui pensai de tous les temps ce qu'ils pensent en ce moment, commencez donc par me prouver que leur façon de penser d'aujourd'hui, qui est la mienne depuis que j'ai appris à raisonner, est une erreur dont il faut que je me détache et dont je me détacherai en effet, n'ayant nul intérêt à y tenir, lorsque j'aurai reçu cette démonstration; car, si par hasard vous ne parvenez pas à me prouver qu'elle n'est pas la vérité, si au contraire j'arrive moi-même, malgré vous, à lui imprimer ce caractère dont vous aurez en vain voulu la dépouiller; non seulement vous m'autoriserez à partager comme je le fais l'opinion des hommes dont vous me parlez ; mais encore, en soutenant que cette opinion, maintenant reconnue la bonne, est l'œuvre de leur intérêt; cet intérêt, mis ainsi en harmonie avec une base si respectable, cet intérêt, qui vous offusque tant, vous ne ferez en quelque sorte que le sanctifier à mes yeux rassurés.

Vous voyez donc à quoi se réduit ce débordement de pamphlets, dont nous inondent à l'envi deux opinions rivales, qu'une haine commune pousse à un même but; but ou imprudent ou coupable, que l'une d'elles ne saurait atteindre pleinement sans y trouver sa honteuse ruine!

Ces mille manières de décrier, de repousser le frein indispensable d'un régime réglementaire, sans lequel on ne
saurait avoir que la licence de la presse avec tous ses scandales, tous ses dangers, tous ses abus, et non sa liberté qui
ne peut exister sans lui; ces bruyantes lamentations sur les
prétendues atteintes portées aux *libertés publiques*, qu'on
comprend assez peu pour brailler sans cesse après elles,
sans se douter qu'elles ne peuvent être que le produit des
sacrifices imposés aux libertés particulières; n'aboutissent
qu'à consacrer la nécessité de soustraire la solution de cette
question, d'où dépendent la vie ou la mort sociale, à toutes
autres chances que celle d'une discussion calme, méthodi-
que, dégagée de tout incident étranger, en présence d'un
tribunal investi du pouvoir d'en fixer le sort définitif, tous
les partis, jusqu'à sa décision, demeurant condamnés au
silence.

Mais quel sera ce tribunal ?

Aveugles détracteurs d'une répression préventive, la
seule que la Charte ait promise ! la seule qu'elle ait pu vouloir ! pensez-vous que ce soient ou vos journalistes ou vos
pamphlétaires qui doivent être appelés à le former?

Telle qu'ils la demandent, la liberté de la presse ne saurait aboutir qu'à susciter enfin une de ces révolutions terri-
bles qui dévorent d'abord ceux-là même qui les ont provo-
quées ; car ces monstres, enfans de l'orgueil, ne vivent que
de sang et d'or.

Mais ce sang, mais cet or, ils ne le peuvent obtenir que
du bouleversement universel de toutes les existences so-
ciales!

Or, comme ce ne sont pas les hommes sans existence qui
provoquent les révolutions; qu'au contraire, ils n'en sont
que les instrumens lorsque l'impulsion est donnée; il est
clair, si quelque chose le fut jamais au monde, que l'homme

qui possède quelque chose, dans un ordre quelconque que son orgueil le pousse à compromettre, souvent même sans que tel soit son dessein positif, commet un acte de démence, si la seule annonce d'un tel danger, ne fût-il pas aussi réel qu'on le prétend, ne le met pas en considération et ne le détermine pas à juger lui-même froidement et sans prévention sur quoi se fonde et où doit aboutir son engouement pour ce qu'on lui dit n'être qu'une dangereuse chimère.

La religion, la morale, la monarchie, sont sans intérêt dans cette discussion, nous dit M. Hyde de Neuville! Les mauvais livres ne peuvent faire le mal qu'on leur attribue, car les bons sont en plus grand nombre! Ceux-ci sont un correctif suffisant de ceux-là!...

Ah! Monsieur! Monsieur! frémissez, puisque vous pensez qu'on ne peut rectifier ses idées sans tomber dans *l'inconséquence*; frémissez de ce que vous penserez vous-même dans dix ans de ces étranges assertions!

Dans dix ans, j'ose le prédire (et on remarquera, on répétera ma prédiction, *parce que je ne serai plus là*), dans dix ans, ou l'Europe entière sera perdue, ou il ne se trouvera plus personne qui ose répéter ces paradoxes effrayans auxquels seuls a pu donner cours une époque comme la nôtre.

J'ai le droit de m'élever contr'eux, moi qui depuis trente-six ans n'ai pas cessé de leur faire la guerre.

En 1817, je me trouvais quelquefois d'accord avec l'opposition royaliste, sans toutefois lui appartenir, car toute op position systématique est contraire à mes mœurs et choque ma raison (1); mes principes invariables étant que tout

_____

(1) Une telle opposition est, à mes yeux, la plus absurde, la plus folle, la plus impertinente extravagance que nous ayions importée d'un pays voisin, presque au moment même où cette bizarre invention poli-

honnête homme doit être *gouvernementiste*, sous quelque
gouvernement qu'il vive (1).

---

tique le poussait plus rapidement que jamais au terme de sa révolution,
qui dure depuis cent trente ans, et qui semble aujourd'hui toucher à sa
fin redoutable. — Cent trente ans !.... qu'est-ce donc dans la vie des na-
tions ? — Se peut-il qu'on augmente de cette durée, qui n'a fait que
rendre plus dangereux un dénouement inévitable, pour en conclure
qu'elle n'aura jamais de fin ? — Se peut-il qu'on ne sente pas que tout ,
ou presque tout, dans ce triste pays, est au rebours du sens commun,
ce qui, selon toutes les apparences et d'après l'affinité naturelle de tout
antécédent avec ses futurs contingens, sera bientôt prouvé au monde
entier ? — Se peut-il que des rêveurs qui passent leur vie à s'efforcer de
nous tailler sur ce détestable modèle, ne s'arrêtent pas effrayés, à la vue
des symptômes qui, déjà, à ne pas s'y méprendre, annoncent l'approche
d'une crise dernière, dès long-temps prévue, mais prête enfin à éclater ?
— Se peut-il que nous en soyons encore à subir les extases de certains
enthousiastes qu'ont éblouis quelques phases d'apparente prospérité
pendant ce long combat de tous les principes ennemis qui peuvent cor-
roder les organes vitaux d'un être politique ? Se peut-il que ces fausses
lueurs aient déguisé à leurs regards la gangrène incurable qui dévore
jusqu'aux entrailles un colosse fantasmagorique appelé, plus tôt peut-
être qu'on n'oserait le dire, à ne plus être d'aucun poids dans ce même
univers que, depuis long-temps, il semble ne plus trouver assez vaste pour
satisfaire aux appétences sans cesse renaissantes de son insatiable ambi-
tion ? — Se peut-il enfin que les capitalistes de l'Europe ?.... Mais n'allons pas plus loin : n'enlevons pas l'avantage d'arriver les premiers à
ceux d'entre eux qui sentiront ce qui attend les insensés qui ne son-
geront à mettre leur fortune à couvert que lorsqu'un premier cri d'a-
larme viendra dissiper le rêve de leur sécurité ; c'est-à-dire lorsqu'il
ne sera plus temps pour échapper à la peine due à leur folle confiance.

(1) C'est ce que je fus sous le directoire, sous le consulat, sous l'empire,
sans que j'aie, pour cela, cessé un seul instant d'être royaliste dans le
fond de mon cœur, et même royaliste actif; sans que même je m'en sois
caché dans les écrits que j'ai publiés à chacune de ces époques.—On sait
qu'au retour de mon émigration, j'ai été pendant dix ans le correspondant secret, mais gratuit, d'un ministre du roi. On sait que Louis XVIII
a plusieurs fois manifesté son étonnement de la parfaite et constante exac-

Mais cet accord fortuit entre l'opposition royaliste et moi ne s'appliquait qu'à des questions qui pouvaient être controversées et qui devaient l'être en effet, alors que la marche d'un ministère, malheureusement plus excusable peut-être qu'on ne pense (1), ressuscitait le cadavre de la révolu-

---

titude des renseignemens qui lui parvenaient par cette voie sur l'état intérieur de la France. On sait aussi quand et comment j'ai perdu les documens originaux de cette correspondance qui me serait si précieuse aujourd'hui. — Ce qui surtout accroît mon regret d'une perte qui me fut si sensible, c'est qu'elle me servirait à prouver par des faits, d'abord, comment j'entends ce gouvernementisme que je prétends être un devoir pour tout homme de bien; ce qui, j'en suis certain d'avance, va me faire gratifier de la qualification, quelque peu différente pourtant, de *ministériel*; ensuite, comment je sus concilier parfaitement mes devoirs et mes affections politiques, en apparence si diamétralement opposés, remplir les uns, m'abandonner aux autres, et rester en toute sûreté de conscience fidèle à mes anciens maîtres et les servir avec un dévouement sans bornes, tout en étant soumis à mes maîtres nouveaux. On ne m'a pas tenu compte de ce que j'ai fait; on n'a même pas daigné remarquer les sacrifices que la délicatesse de mes principes a imposés, selon les temps, tantôt à ma famille et tantôt à mon amour-propre. — Cela n'a dû ni me changer, ni me surprendre. — J'étais trop difficile à récompenser pour qu'on n'ait pas trouvé plus simple de me payer d'ingratitude.—Tous les passages s'étaient d'abord ouverts presque d'eux-mêmes devant moi; mais je n'étais pas assez médiocre pour qu'on ne se hâtât pas de me les fermer. — Des calomnies sans base ont servi de prétexte à la plus monstrueuse insensibilité sur les conséquences de mon infatigable dévouement.... On verra, un jour, comment j'ai supporté tout cela, comment je le supporte encore!.... Il faut un dénouement à mes mémoires historiques.... J'en rassemble les matériaux.

(1) Un grand personnage d'alors me comprendra, je crois pouvoir n'en pas douter, mais il n'en dira mot. Cette excuse que je lui ménage, sans l'expliquer, cache un mystère très sérieux qu'il n'est pas permis à l'histoire contemporaine de révéler. Eussions-nous une des institutions de l'ancienne Égypte que l'on vante le plus, plusieurs générations devraient s'éteindre avant qu'on pût le révéler.

tion, que l'arrivée d'un Français de plus avait enfoncée dans la tombe d'où bientôt après nous la vîmes sortir personnifiée sous les traits du féroce Louvel.

Ce même accord, au contraire, n'a jamais existé entre certains écrivains royalistes de cette époque et entre moi qui courais la même carrière; soit sur la question de la presse que je voyais chaque jour avec terreur gâter dans un recueil fameux auquel j'avais ouvert la voie, comme depuis on ne cesse pas de la gâter de plus en plus, toutes les fois qu'on s'en occupe, dans les chambres ou hors des chambres; soit sur la prétendue nécessité d'une opposition constituée, avouée, permanente, formant un corps visible, dont tous les élémens sont connus, ayant ses prétentions, ses vues particulières, son langage, ses organes, ses chefs, ses moyens d'attaque et de défense, et se disant, avec une assurance devant laquelle il faut rester stupéfait, une condition indispensable de l'existence de tout gouvernement représentatif.

Cette liberté de la presse telle qu'on l'entend, cette nécessité d'opposition telle qu'on nous la donne, sont deux monstruosités que jamais je ne voulus admettre, me semblant impossible de les considérer autrement que comme autant d'élémens de trouble, de corruption et de discorde, comme un embarras perpétuel pour l'administration sans cesse forcée de s'en défendre et perdant nécessairement à ce soin fatigant le temps que réclament les affaires publiques; en un mot, comme les dissolvans les plus irrésistibles de l'ordre social.

Si je n'ai jamais fait de concessions à ces rêveries exotiques, je n'en ferai pas davantage à l'hérésie de M. Hyde de Neuville, soutenant que la religion, la morale, la monarchie, n'ont aucun intérêt à ce qu'une digue soit opposée au torrent des maximes perturbatrices qui, chaque jour, s'efforcent d'ébranler ces fondemens du bonheur public, qui ne peut pas en avoir d'autres.

En 1816, je levai, le premier, l'étendard contre d'imprudens idéologues, à la folle Minerve desquels applaudissaient précisément ceux qui auraient été emportés les premiers par l'ouragan révolutionnaire, si le carrefour Bussy était parvenu à le déchaîner de nouveau sur notre pays.

Depuis trois mois, je luttais avec l'avantage que devait naturellement me donner la vérité qui me prêtait ses armes, lorsque *le Conservateur* vint se joindre au combat.

La victoire vainement disputée fut le prix de ses beaux faits d'armes que ne cessa de seconder mon Académie, qu'on daignait à peine remarquer, et qui cependant, restée seule debout sur le champ de bataille, ne fit sa retraite que six mois après celle des autres défenseurs de la cause royale, dont elle acheva d'assurer le triomphe qu'elle seule a eu la la gloire de constater et de proclamer.

Cependant, en posant les armes, mon Académie promit de les reprendre à la moindre apparence d'un nouveau danger quelconque qui menacerait encore ou l'autel ou le trône.

Plus d'une fois, depuis cette époque, elle a éprouvé la tentation de tenir sa promesse, et toujours elle y a résisté; mais aujourd'hui que le danger arrive d'où devrait arriver l'appui, il lui semble impossible de s'en dispenser, d'après tout ce qu'a fait surgir d'écrits véritablement anarchiques (1)

---

(1) La fièvre des brochures n'a pas duré long-temps, et c'est ce que j'avais prévu. Le bon sens public l'a étouffée dans son principe, en ne lisant pas même ce qu'on distribuait gratis. — C'est un avis salutaire donné aux criailleurs de l'opposition et même au gouvernement lui-même. — Les premiers y trouvent la preuve qu'eux seuls se complaisaient au bruit qu'ils faisaient avant la censure, et que l'amour du repos prédomine dans la masse de la population ; le second y voit clairement

le tardif établissement d'une censure, hélas! trop incomplète.

Elle en sent d'autant plus le besoin, que toutes les opinions qui agitent le monde de notre âge ont chacune leur représentant, leur organe, excepté la sienne qui est une opinion mère, une opinion sans alliage et vierge encore, après trente-six ans d'épreuve, de ces variations qui chaque jour dénaturent les autres, résultat nécessaire des concessions qu'elles se font mutuellement selon que l'exige d'elles ce trompeur intérêt du moment que mon académie, au contraire, compte toujours pour rien, sitôt qu'elle découvre la moindre possibilité d'une lésion quelconque de l'intérêt de tous les temps.

Pas un des journaux existans, pas un de nos recueils périodiques ne sont à la hauteur du *Parachute monarchique*, l'une des sections principales des *Mémoires de l'Académie des Ignorans*; et cela est si vrai qu'il n'en est pas un où cette Académie pût se flatter de faire insérer un article conforme à sa religion politique sur la liberté de la presse ou sur la folle idée de la nécessité d'une opposition dans un système représentatif, système dont elle tirera, si elle y est encouragée, des conséquences plus vraies et beaucoup plus favorables au repos des peuples.

---

d'une part, tout ce qu'il a gagné à imposer un frein quelconque au journalisme, quoiqu'il y ait à faire encore bien autre chose que cela; de l'autre, avec quelque facilité la France se prêtera complaisamment à tout ce que la sagesse et l'expérience pourront imaginer pour que la porte du scandale soit enfin tout-à-fait fermée et ne puisse plus se rouvrir. — Rien de si aisé que cela. — Jetez au feu, sans en rien conserver, la législation sur la presse depuis quinze ans; remplacez-la par une loi en quatre articles proclamant autant de principes incontestables qu'on a perdus de vue, mais qui ne peuvent pas périr, et qui tôt ou tard revivront; vous n'entendrez qu'un cri d'approbation de la part de tous les hommes sages de l'Europe.

Elle profite donc de la mise au jour de quelques opus-
cules de son secrétaire-perpétuel pour annoncer ses dispositions à faire revivre ses *Mémoires académiques* et son *Parachute monarchique*, si le public, qu'elle consulte de la
seule manière qui soit à sa portée, daigne favoriser cette
résurrection.

Un bulletin de souscription pour une nouvelle édition
des Fables de M. le chevalier de Fonvielle, et pour la
reprise des *Mémoires de l'Académie des Ignorans*, séparé-
ment annoncées ci-après, sera annexé à la présente brochure
avec un avis volant, auquel MM. les souscripteurs sont
priés d'avoir la bonté de se conformer.

A l'égard de MM. les hommes de lettres que n'effrayera
pas ce titre d'Ignorans, que l'Académie se fait gloire de partager avec Socrate, saint Augustin, Montaigne, etc., et de
MM. les capitalistes qui voudront, eu égard à son utilité,
seconder cette entreprise littéraire et patriotique, ils sont
priés de vouloir bien adresser leurs demandes à M. le chevalier DE FONVIELLE, secrétaire-perpétuel de l'Académie,
rue Richer, n° 5.

Dans l'état de désordre où, grâce à nos folies renouvelées
de 1789, se trouve aujourd'hui ce qu'on appelle l'opinion
publique, il est difficile de prévoir si cette nouvelle tenta-
tive aura le succès qu'elle mérite. Cependant elle ne sera
pas perdue.

Tôt ou tard, on verra l'ACADÉMIE DES IGNORANS prendre
un rang distingué dans Paris, où doivent finir par se trouver
quinze hommes capables de comprendre ce titre et de le
supporter.

Se peut-il que, dans ce prétendu siècle des lumières, les
six ou sept hommes de sens qui forment encore le noyau de
cette Académie, ayent seuls senti la sanglante épigramme
que renferme, contre nos illuminans, une telle dénomination ?

En Italie on a eu plus d'esprit.

Là, on compte plus de quarante académies qui, comme celle des IGNORANS, ont pris des noms bizarres, en apparence, et sont cependant l'objet d'une vive émulation pour tous les talens distingués.

En voici une liste, que les amateurs des curiosités littéraires ne seront peut-être pas fâchés de trouver ici, cette recherche n'étant pas très facile à faire.

A ALEXANDRIE.	Académie des *Immobiles.*—Immobili.
ANCONE.	—————— des *Ténébreux.*—Caliginosi.
BOULOGNE.	—————— des *Oisifs.*—Otiosi.
BRESSE.	—————— des *Cachés.*—Occulti.
CÉSENNE.	—————— des *Éblouis.*—Offuscati.
CITTA DEL CASTELLO.	—————— des *Sourds.*—Assorditi.
CORTONE.	—————— des *Humoristes.*—Umorosi.
FABRIANO.	—————— des *Maigres.*—Disuditi.
FERME.	—————— des *Retrouvés.*—Raffrontati.
FLORENCE.	{—————— du *Son.*—Della Crusca.
	{—————— des *Indolens.*—Apatisti.
GÈNES.	—————— des *Endormis.*—Adormantati.
LUCQUES.	—————— des *Obscurs.*—Oscuri.
MACÉRATA.	—————— des *Enchaînés.*—Catenati.
MANTOUE.	—————— des *Passionnés.*—Invaghiti.
MILAN.	—————— des *Cachés.*—Nascoti.
NAPLES.	—————— des *Ardens.*—Ardenti.
PADOUE.	{—————— des *Dégagés.*—Ricovrati.
	{—————— des *Concertés.*—Orditi.
PARME.	—————— des *Anonymes.*—Innominati.
PAVIE.	—————— des *Confians.*—Affidati.
PÉRUSE.	—————— des *Insensés.*—Insensati.
RIMINI.	—————— des *Lents.*—Adagiati.
ROME.	{—————— des *Capricieux.*—Umoristi.
	{—————— des *Fantasques.*—Fantastici.
	{—————— des *Lynx.*—Lyncei.
	{—————— des *Singuliers.*—Pellegrini.
	{—————— des *Stériles.*—Infecondi.
ROSSANO.	—————— des *Incurieux et Sans-soucis.*—Incuriosi e Spensierati.
SIENNE.	—————— des *Étourdis.*—Intronati.
TRÉVISE.	—————— des *Persévérans.*—Perseveranti.
VÉRONNE.	—————— des *Philharmoniques.*—Filarmonici.
VICENCE.	—————— des *Olympiques.*—Olympici.
VITERBE.	—————— des *Obstinés.*—Ostinati.

REPRISE

DES MÉMOIRES

ET DU

PARACHUTE MONARCHIQUE

DE

L'ACADÉMIE DES IGNORANS.

Prospectus.

En annonçant l'interruption de ses *Mémoires*, l'Académie des Ignorans promit d'en reprendre le cours, si, n'importe par quelle cause, il arrivait encore que la restauration se vît poussée hors de ses voies.

Pénétrée du devoir que lui a imposé cette promesse, elle a étudié en silence les événemens extraordinaires qui se sont succédé depuis six ans, presque tous engendrés par une faute capitale qui a remis en question les principes les plus solennels, les bases les plus positives de l'ordre social.

Conduite malgré elle à recommencer son apostolat, elle a donc plus de moyens encore que par le passé, pour reconquérir sur l'esprit révolutionnaire le terrain que, sous divers drapeaux, il a pu envahir pendant cet intervalle.

Son zèle, toutefois, a besoin d'être secondé : les gens de bien le sentiront et ils n'hésiteront pas à lui prêter un appui généreux en choisissant dans les dispositions qui suivent, celles qui s'accorderont le mieux avec leurs goûts particuliers et leur position personnelle.

VOCATION ET CONSTITUTION

DE

L'ACADÉMIE DES IGNORANS.

Quinze volumes des *Mémoires* de cette ACADÉMIE déjà publiés, indiquent assez le but constant de ses travaux, pour que les amis des saines doctrines religieuses, politiques, commerciales et littéraires, n'hésitent pas à lui accorder les encouragemens qu'elle réclame d'eux.

Il ne s'agit pas ici d'une spéculation sordide, encore moins d'une surprise à faire aux gens de bien, en leur distribuant les poisons du plus dégoûtant radicalisme, sous un titre menteur, qui n'attirerait leur confiance que pour les tromper de la manière la plus effrontée.

Aider la Société des Bons-Livres, celle des Bonnes-Lettres, toutes autres associations tendant au même but, à combattre LES FAUX SAVANS qui se disent les flambeaux du siècle, telle est la vocation de l'ACADÉMIE DES IGNORANS.

Quinze Académiciens en titre la composent.

Neuf sont encore à nommer.

Leur nomination se fera au scrutin par ceux déjà existans, à mesure que des candidats se seront fait inscrire au secrétariat de l'ACADÉMIE. Il ne sera fait qu'une nomination par séance, afin que les nouveaux élus prennent part aux nominations subséquentes.

L'ACADÉMIE s'adjoint quinze Académiciens honoraires,

trente Affiliés et un nombre indéterminé d'Agrégés, formant
avec les quinze Académiciens en titre, le corps académique,
et prenant tous également le titre de MEMBRES DE L'ACADÉ-
MIE DES IGNORANS.

Tout aspirant à ce titre doit en faire la demande au secrétariat. Il lui est conféré par un diplôme en parchemin,
pour lequel il verse entre les mains du chancelier la somme
de 28 fr.

Toutes les publications faites par l'ACADÉMIE sont adressées, port franc, à chacun de ses Membres.

Une cotisation annuelle est imposée à chacun d'eux pour
subvenir aux dépenses du corps académique, dont font par-
tie les prix à distribuer chaque semestre, d'après les pro-
grammes qu'elle publiera pour l'ouverture des concours.

Cette cotisation est payable par quart chaque trimestre
à terme échu, à l'exception de celle des Agrégés qui se paye
par moitié de six en six mois et par avance.

Celle des Académiciens en titre, est de 600 fr. par an.
Celle des Académiciens honoraires, de. 400 fr. id.
Celle des Affiliés, de . . . . 200 fr. id.
Celle des Agrégés, de. . . . . 60 fr. id.

Aucun des paiemens ci-dessus ne peut être reçu que lorsque l'ACADÉMIE a réalisé son cautionnement de 5,000 fr. en
inscriptions de rente, déposés à la caisse des consignations.

Les Académiciens, soit en titre, soit honoraires, et les
Affiliés, sont admis à toutes les séances ordinaires et extraordinaires de l'ACADÉMIE. Le nombre des Agrégés qui recevront par priorité de demande des billets pour y assister sera
déterminé en proportion du local consacré à ces réunions.

Les Académiciens et les Affiliés reçoivent un jeton de présence de la valeur de cinq francs.

Il y a, tous les premiers mardis de chaque mois, une
séance obligée, pour laquelle ils ne reçoivent pas de convo-

cation; les autres leur sont annoncées par les *Mémoires* de l'ACADÉMIE.

Tout Agrégé contracte l'obligation de contribuer à la rédaction des publications de l'ACADÉMIE, dont ceux qui ne résident pas à Paris sont les correspondans nés, en adressant, franc de port, au secrétariat, les documens locaux qui lui paraissent offrir quelque intérêt pour le comité de rédaction, composé du président, du chancelier, de deux académiciens censeurs semestriels, et du secrétaire-perpétuel.

L'ACADÉMIE distribue chaque année, à titre d'encouragement, au moins dix médailles d'or valant 5o fr. chacune, aux Agrégés qui ont manifesté le plus de zèle.

L'obtention de trois de ces médailles, acquiert à celui qui en est favorisé, l'exemption à perpétuité, de sa cotisation annuelle.

Pour y avoir droit, il faut avoir écrit au moins deux fois à l'ACADÉMIE, pour lui donner un tableau précis de la situation morale et politique de son département, et plus particulièrement de son arrondissement.

Chaque Affilié s'oblige, en acceptant ce titre, à fournir tous les six mois, au comité de rédaction, un article dont le texte lui est donné par ce comité, et, au moins, un deuxième article sur tout autre sujet *ad libitum.*

Un fonds spécial est affecté à la distribution qui sera faite annuellement à chaque Affilié, de plusieurs médailles d'or, dont le nombre sera déterminé en proportion du secours qu'ils auront prêté au comité de rédaction. Ils recevront de droit une de ces médailles pour chacun des deux articles qu'ils seront tenus de présenter, s'ils sont adoptés par le comité.

Les dispositions relatives aux Affiliés sont communes aux Académiciens honoraires, à cela près, que chacun de ceux-ci devra fournir deux articles par trimestre, et non pas seulement par semestre comme ceux-là.

Les Académiciens en titre fournissent au comité de rédaction, avec lequel ils se concertent à cet égard, au moins un article par mois. Ils reçoivent de droit deux médailles d'or tous les trois mois. Chaque mois le comité fixe les honoraires qu'il leur alloue supplémentairement en proportion de la part que chacun d'eux a prise au travail général de la rédaction des *Mémoires* ou du *Parachute*.

Tout Membre de l'ACADÉMIE adopte un nom académique et signe de ce nom tous les articles émanés de lui, quoique amendés, s'il y a lieu, par le comité, lequel dispose à son gré de tous les matériaux qui lui sont fournis par les Membres du corps académique.

ORGANISATION FINANCIÈRE
DE L'ACADÉMIE.

Considérée comme entreprise industrielle l'ACADÉMIE DES IGNORANS constitue une société en commandite, à laquelle donnera son nom un éditeur responsable qui en sera le gérant, sous la surveillance d'un conseil d'administration composé du comité de rédaction et des souscripteurs bailleurs de fonds qui seront ci-après désignés.

L'intérêt de cette entreprise se divise en cent cinquante coupons.

Cinquante coupons sont attachés au titre des quinze Académiciens en titre et du secrétaire-perpétuel fondateur.

Quinze sont attachés au titre des quinze Académiciens honoraires, quinze à celui des trente Affiliés, vingt sont affectés à former, avec le produit des diplômes et des cotisations, la dotation de la caisse du corps académique dont il sera parlé plus bas.

Les cinquante restans seront distribués nominativement à des capitalistes, moyennant, 1°. 100 fr. de rente par coupon à déposer par eux à la caisse des consignations, pour former le cautionnement de l'ACADÉMIE, sous la réserve d'en percevoir, par eux-mêmes, les arrérages, la propriété de ce dépôt leur étant conservée; et 2°. le versement à faire à la caisse de la gérance, d'une somme de 400 francs, payable par quart en quatre mois consécutifs, à compter de la publication du premier numéro des *Mémoires* de l'ACADÉMIE.

Le gérant, éditeur responsable, sera nommé par les quinze Académiciens en titre réunis aux souscripteurs bailleurs de fonds, et pris par préférence parmi ceux de ces derniers qui posséderont au moins cinq coupons d'intérêt.

Le teneur des livres devra posséder en son nom au moins deux, et le caissier trois de ces mêmes coupons; le dépôt en sera fait dans la caisse du corps académique.

Tout propriétaire de cinq coupons est membre du conseil d'administration; il prend le titre de Membre de l'ACADÉMIE; il a droit aux jetons que reçoivent, séance tenante, les Membres présens.

Ce conseil arrête le règlement intérieur et le modifie, lorsqu'il y a lieu, sur la proposition du gérant, débattue contradictoirement par le secrétaire-perpétuel, *et vice versà*.

Les acquéreurs des cinquante coupons, reçoivent, avant toute répartition des bénéfices de la gérance et tant qu'ils ne sont pas remboursés de leurs mises, cinq pour cent d'intérêt pour les 400 fr. par coupons, par eux versés à la caisse sociale : ils en sont payés par semestre.

Le remboursement de ces 400 fr. leur est fait successivement par quart, lorsque le conseil d'administration juge à propos de l'ordonner, d'après la situation de la caisse sociale.

Ceux d'entre les propriétaires de ces coupons qui préfèreront à un bénéfice éventuel et indéterminé, un revenu fixe, proportionnel à leur mise de fonds, pourront céder leurs droits à la caisse du corps académique, moyennant quinze pour cent par an de leur mise, que cette caisse leur payera, savoir : un tiers chacun des premier et troisième trimestres, et un sixième chacun aussi des deuxième et quatrième trimestres, de telle sorte, qu'au moyen des paiemens dûs par la caisse sociale , ils recevront cinq pour cent de leurs mises tous les trois mois. Après le remboursement de leurs mises ils ne recevront plus que les quinze pour cent mis à la charge de la caisse académique, cessionnaire de leurs droits aux répartitions qui auront lieu.

Après dix ans révolus, depuis la reprise des publications de l'ACADÉMIE, son fondateur ou ses ayant-droit succèderont aux cinquante coupons formant le capital d'exploitation, lesquels seront éteints à leur profit pour, par eux, en disposer ainsi que bon leur semblera, à la charge de racheter des anciens titulaires, les 5,000 fr. de rente formant le cautionnement de l'ACADÉMIE, dont ils deviendront propriétaires sans pouvoir en changer la destination.

La caisse sociale et la caisse académique sont indépendantes l'une de l'autre.

La première reçoit tous les produits des abonnemens, même des membres de l'ACADÉMIE, dont le paiement lui est fait par l'autre caisse, et elle paye tous les frais de gestion, de rédaction, d'impression et de distribution des publications de l'ACADÉMIE.

La seconde reçoit le prix des diplômes, celui des cotisations annuelles, et les dividendes advenus aux vingt coupons formant sa dotation ainsi qu'aux coupons dont elle aura racheté l'intérêt; elle paye les dépenses académiques, proprement dites, telles que les déterminera le règlement intérieur; ce qui, chaque année, se trouvera excéder 10,000 fr. en caisse sans emploi actuel ou prévu, sera réparti aux quatre-vingts coupons appartenant au corps académique, déduction faite des vingt coupons formant la dotation de la caisse dont il s'agit.

Le règlement intérieur statue sur le mode à suivre pour que ces deux caisses se prêtent, au besoin, un secours mutuel, à charge de remboursement.

DES PUBLICATIONS DE L'ACADÉMIE.

L'ACADÉMIE DES IGNORANS publie, soit alternativement, soit simultanément, soit consécutivement, sans s'astreindre à un ordre déterminé, ses *Mémoires*, consacrés spécialement à la littérature, aux sciences et aux arts, particulièrement à l'art dramatique et à l'art scénique; et son *Parachute monarchique*, dont le titre seul, auquel elle sera fidèle, caractérise l'importante destination.

Là, seront combattues sans cesse et repoussées avec un zèle que rien ne saurait attiédir, toutes les atteintes directes ou indirectes portées à la religion ou à la monarchie.

Aucune époque n'est fixée pour les livraisons.

Elles seront faites par cahiers inégaux d'une ou de plusieurs feuilles, ou même de moins d'une feuille, sous le format in-8o., en caractères petit-romain et petit-texte.

La nécessité des temps et l'importance des matières seront seules la mesure variable de chaque livraison.

Ces livraisons formeront au moins 4 vol. par an, de 25 à 30 feuilles d'impression.

Elles auront lieu, tantôt tous les jours d'une semaine,

excepté les jours consacrés au service divin; tantôt deux ou trois fois par semaine; mais jamais elles ne seront séparées par un intervalle de plus de huit jours.

Le public sentira que, de cette irrégularité même, doit jaillir un grand intérêt.

N'étant pas asservie à un cadre donné, l'ACADÉMIE sera à l'abri de l'inconvénient attaché aux voitures publiques qui, vides ou non, doivent partir quand leur heure a sonné. Maîtresse de choisir son temps, de ne pas parler n'ayant rien à dire, ou de dire tout ce qui lui semblera nécessaire; elle sera inexcusable si jamais elle envoie à ses abonnés des articles de remplissage ou pillés çà et là, comme dans leur temps de disette, le pratiquent tous les journaux.

Il n'est pas à craindre que la censure la prenne jamais au dépourvu! Ses principes sont un sûr garant qu'elle trouvera dans cette institution plutôt un encouragement qu'un obstacle. C'est du moins, ce qu'elle ne craint pas de se montrer sûre de mériter dans tous les temps.

Elle ose donc se croire en droit d'espérer que, dans l'ordre civil, dans l'ordre administratif surtout, et plus particulièrement encore dans l'ordre ecclésiastique, tout ce qui s'intéresse au bonheur de notre pays, s'empressera de propager la lecture des *Mémoires* de l'ACADÉMIE DES IGNORANS, et se fera un devoir, s'il est permis de s'exprimer ainsi, de donner l'exemple en se faisant inscrire sur la liste de ses Abonnés ou de ses Agrégés.

CONDITIONS DE L'ABONNEMENT.

Le prix de l'abonnement est de 56 fr. pour 120 feuilles d'impression rendues franches de port, ou de 30 fr. pour 60 feuilles.

Le prix de l'abonnement doit être envoyé franc de port,

4

à M. Delaforest, libraire à Paris, rue des Filles-Saint-Thomas, n°. 7.

MM. les Abonnés sont priés d'écrire lisiblement leurs nom, qualité et adresse.

On peut s'abonner chez MM. les directeurs des postes et chez MM. les libraires des départemens et de l'étranger.

M. Delaforest est constitué le caissier de l'Académie jusqu'à ce que sa gérance soit organisée.

Il n'y aura lieu à cette organisation que lorsque les Abonnés, les Agrégés, les Affiliés ou les Académiciens, soit en titre, soit honoraires, auront atteint le nombre de mille.

Jusque-là, le caissier provisoire ne pourra disposer d'aucune portion quelconque des fonds versés dans ses mains, même pour se payer des frais d'impression ou autres avances qui lui seraient dus par le fondateur, envers lequel seul il se pourvoira pour son paiement.

Il restituera à bureau ouvert, sur la présentation des quittances par lui délivrées, les versemens à lui faits par MM. les Abonnés, si, d'ici au 1er. février 1828, l'Académie n'a pas fourni son cautionnement et commencé ses publications.

Les titulaires de coupons nominatifs qui s'abonneront, recevront la remise d'un cinquième sur le prix de leur abonnement, pour chaque coupon leur appartenant; ainsi ceux qui auront acquis cinq coupons ou au-delà, seront Abonnés de droit comme membres de l'Académie.

MM. les abonnés ou agrégés de l'étranger, dont le service sera assujetti à un double prix d'affranchissement, devront ajouter à l'envoi des fonds à l'Académie, 6 fr. par an ou par 120 feuilles d'impression, et 3 fr. pour six mois ou pour 60 feuilles.

Tous envois à l'Académie, lettres, avis, demandes de renseignemens, déclaration de candidature, etc., doivent être faits francs de port, tant de Paris que des départemens, à M. le chevalier DE FONVIELLE, secrétaire perpétuel de l'ACADÉMIE DES IGNORANS, rue Richer, n°. 5.

L'ACADÉMIE a l'honneur d'inviter instamment les personnes qui voudront bien coopérer à la bonne action de la reprise de ses *Mémoires*, à la favoriser du prompt envoi de leur souscription.

OUVERTURE D'UNE SOUSCRIPTION

POUR UNE NOUVELLE ÉDITION

DU

RECUEIL DES FABLES

DE M. LE CHEVALIER DE FONVIELLE,

REVUE, CORRIGÉE ET AUGMENTÉE DE CELLES QUI N'EXISTAIENT PAS LORS DE LA PREMIÈRE ÉDITION, ET DES AUTRES POÉSIES LÉGÈRES DE L'AUTEUR.

CETTE Souscription, ouverte depuis long-temps, a été annoncée à la suite de plusieurs des ouvrages que M. de Fonvielle a successivement publiés.

Mais les journaux, presque sans exception (on en conçoit aisément le motif, quand on a lu ce que cet infatigable ennemi du journalisme moderne n'a pas cessé d'écrire sur cette matière depuis plus de trente ans), les journaux, disons-nous, ont toujours laissé ignorer au public ces annonces et même ont gardé le silence, à peu d'exceptions près, sur les ouvrages qui les contenaient.

Il en est résulté que le nombre des souscriptions obtenues n'a pas, vu son insuffisance, permis à M. de Fonvielle de répondre à l'attente des personnes qui ont bien voulu l'honorer de cette marque de bienveillance.

Il essaie encore une fois de réunir un nombre suffisant de Souscripteurs pour qu'une nouvelle édition de ses Fables et de ses poésies fugitives puisse avoir lieu de son vivant.

Elles formeront deux vol. in-8°., imprimés sur beau papier superfin, en caractères neufs, ornés du portrait de l'auteur d'après Kinson, et enrichis de vignettes, de culs-de-lampes et d'estampes, représentant les sujets principaux de ses Fables.

Le prix, réduit au plus bas possible, en conséquence de ce que l'édition aura coûté réellement, sera fixé, pour les Souscripteurs, à vingt pour cent au-dessous de celui de vente chez les libraires; et, dans aucun cas, ne dépassera pas dix francs par volume.

On n'a rien à payer d'avance.

Les personnes qui voudront bien accorder à M. de Fonvielle l'honorable encouragement qu'il sollicite du public impartial, trouveront dans l'exemplaire (qui leur sera remis à domicile) des trois nouvelles Fables qu'il publie, un bulletin volant où elles n'auront à remplir que le blanc destiné à fixer le nombre d'exemplaires pour lesquels elles souscriront.

Elles sont priées d'avoir la complaisance de faire le renvoi de ce bulletin signé d'elles, à M. Delaforest ou à M. de Fonvielle; leur adresse est indiquée au frontispice du présent.

Messieurs les Souscripteurs des départemens pourront remettre leur souscription à leur libraire sur les lieux, ou à tout autre le plus à leur portée, lequel, à la première occasion qu'il en aura, chargera son correspondant à Paris de la transmettre à son confrère M. Delaforest.

Les demandes qui seront faites à M. de Fonvielle, des ouvrages désignés au revers du frontispice, devront lui être adressées franches de port; le paiement n'en sera fait qu'à celui qui leur en fera la délivrance.

POST-SCRIPTUM.

Les deux premières feuilles de cette brochure, et par conséquent son titre, étaient tirés, lorsque, supportant avec peine l'oisiveté où me laisse la marche lente de cette édition, deux sujets de fable se sont présentés à ma pensée, et je les ai traités tandis que se composait ma troisième feuille.

Je me détermine à ajouter ces fables à ma brochure, en forme de *Post-Scriptum,* à cause de l'à-propos que prête à la première la circonstance du retour de don Miguel en Portugal.

FABLE QUATRIÈME.

LES ARAIGNÉES.

Du vice tant fatal à la fille d'Idmon,
Qui croirait que sa race est encore imprégnée ?
Il faut bien que ce soit un vice de démon,
Puisqu'il gonfle le cœur même d'une araignée !
Atteindre jusque-là ! c'est descendre bien bas;
      Chacun l'avoûra, je l'espère,
      Mais que dis-je? Eh ! comment, hélas !
      Mieux concevoir, en certains cas,
      Ce que trop souvent il opère
      Chez nous-mêmes, pauvres humains,
      Parfois si petits et si vains?
      Orgueil maudit! à ton empire
      Tu soumets tout ce qui respire !

Il naît un Alexandre ; et le vaste univers
Lui semble trop étroit : il s'en fait seul le centre.
Tout ce qui vit, pétri de ce même travers,
A, comme on dit, les yeux plus larges que le ventre.
L'huître sur son rocher, le lion dans son antre,
     L'oiseau qui traverse les airs,
Tout respire l'orgueil en respirant la vie,
     Tout s'enivre de son venin ;
Hideux surtout, alors qu'exalté par l'envie,
Niveleur hypocrite, il sonne le tocsin,
     Coiffé du bonnet jacobin !...
Comment l'aspect des maux dont sa rage est suivie
N'intimide-t-il point ces superbes esprits
     Qu'on voit au milieu de Paris
     Rêver les mêmes Saturnales ?...
Nous n'aurons, il est vrai, de leurs mains libérales,
     A recevoir que des bienfaits !
Héritiers des auteurs des plus sanglans scandales,
Ils sauront, tout à point, polir leurs mœurs brutales
     Et répudier leurs forfaits !
A leurs principes seuls (précieux héritage
Qui, peut-être, nous a passablement coûté,
Mais qui trop chèrement ne put être acheté)
Ils veulent seulement que chacun rende hommage ;
     Moyennant quoi, plus d'esclavage.
L'âge d'or renaîtra. Qu'on daigne bonnement
     Les laisser faire... En un moment,
Par la seule vertu d'une petite Charte
     Qui, presque tous, en Ilotes de Sparte
Nous taillera, laissant à quelques favoris
     Le soin d'étourdir le pays ;
     Une douce philanthropie,
     N'écoutant plus que la seule équité,

De ce bonheur commun naguère tant vanté,

  Réalisera l'utopie ;

Et nous aurons enfin, avec l'égalité

Dont tout homme de cœur en secret est l'apôtre,

  Le bonheur et la liberté,

  Si toutefois l'un n'est pas l'autre.

Quoi de plus enchanteur!... Par des esprits cornus,

Peut-être ces bienfaits seront-ils méconnus!...

Follement entichés de leur vieille marotte,

  Peut-être, en leurs libérateurs,

Prétendront-ils ne voir que des perturbateurs!...

  A tout poison il faut un antidote!...

La raison, que repousse une secte idiote,

Doit-elle rebrousser ou suivre son chemin ?

  Il est clair qu'elle ira son train.

  S'il leur en coûte, à qui la faute ?

  Dès long-temps l'essaim patriote

Qui s'apprête à refondre et nos mœurs et nos lois,

Leur a de tous ses plans expliqué le mystère.

S'égosille-t-il pas à crier sur les toits :

  « Messieurs, Messieurs! laissez-nous faire!

» Nous sommes bonnes gens. Nous ne voulons rien moins

  » Que votre bien. Essayez-en, de grâce,

» Vous serez satisfaits du succès de nos soins.

  » Il ne restera nulle trace

  » De ce que vous fûtes jadis.

» C'est véritablement un nouveau paradis

» Que nous allons créer, pour qui voudra nous croire.

» Ayez-en, comme nous, le profit et la gloire !

» Sans doute, il pourra bien se changer en enfer,

  » Pour ceux qui du siècle de fer

» Voudront obstinément nous imposer les chaînes!...

  » Mais est-ce à nous qu'il faudra l'imputer ?

» N'est-ce donc pas à qui voudra nous disputer
« Le prix de nos efforts et le fruit de nos peines ? »
      Cet argument de nos docteurs
    Est emprunté d'un essaim d'araignées
Qui jadis brusquement voulurent, de leurs sœurs
      Difficilement résignées
      A leurs projets réformateurs,
Changer le train de vie et refondre les mœurs.

      L'histoire m'en paraît utile :
Je la veux essayer... Peut-être le début,
Comme très peu plaisant, n'est-il pas très facile !...
      Brusquons-le pour aller au but.

      Dans les six familles qu'embrasse
      D'Arachné la hideuse race ;
      Celle qu'on chasse des palais
      Et qu'on souffre dans les chaumières ;
Celle qui fuit le jour et cherche à vivre au frais,
Aux caves, aux vieux murs attachant ses filets ;
Celle qui, dans les champs comme dans les bruyères,
      Compose un peuple de faucheurs ;
Celle qui, des jardins, dans ses toiles légères,
Les saisissant au vol, punit les maraudeurs,
Mouches et moucherons, guêpes, frêlons, abeilles,
      De nos vergers et de nos treilles,
    Larrons aîlés, bourdonnans destructeurs ;
Cette autre enfin qu'on voit, dans la belle Ausonie,
      A l'homme atteint de son poison
      Infiltrer la mélomanie,
      Qui seule en est la guérison ;
      Toutes, d'une race commune,
    Ont conservé les traits générateurs ;
Leurs cent variétés doivent, aux mêmes mœurs,

A-peu-près la même fortune.
On les voit dans leur nid se tenir nuit et jour,
A l'affut du butin que le sort leur envoie ;
 De leur huit yeux guetter tout à l'entour
L'insecte qui, dans l'air, monte, descend, tournoye,
De-çà, de-là, voltige ; et fondre sur leur proie
Aussitôt que son aile engluée en leurs lacs
  Se débat contre le trépas.
  Une seule espèce, au contraire,
 A secoué cette humeur sédentaire.
  La tranquille uniformité
Des plaisirs que l'on goûte avec sécurité
  Au sein d'un paisible ménage,
 N'est, à ses yeux, qu'un fâcheux esclavage.
Il lui faut plus de vie et plus de liberté.
  Aussi, sans cesse vagabonde,
  La voit-on parcourir le monde
  Cherchant fortune à tout hasard
  Aux dépens du peuple mouchard.
Filer !... Tendre des rêts !... Fi !... Qu'une âme timide
Achète à ce vil prix un repas insipide ;
  On le conçoit : mais, quand on a du cœur,
On fait plus franchement son métier de chasseur :
  Ainsi font nos aventurières.
Une mouche, de loin, s'offre-t-elle à leurs yeux,
Vous les voyez d'abord, suivant l'état des lieux,
Par un circuit savant envahir ses derrières ;
  Vers leur gibier qui ne s'en doute pas
En droite ligne alors avancer pas à pas ;
Puis s'arrêter soudain, mesurer leur distance,
Consulter leurs jarrêts, les essayer d'avance ;
Plus promptes que l'éclair et sûres de leur coup,
  S'élancer et d'un saut de loup,

Interrompant brusquement sa toilette,
Du léger volatille achever la conquête.

Selon ses goûts employer son talent,
C'est, je l'avoue, un système excellent.
Je suis loin, pour ma part, d'y trouver à redire.
Mais si, de ses pareils, un rêveur insolent
    Saisi d'un monstrueux délire
S'avise tout-à-coup de troubler le repos
Voulant leur imposer sa manière de vivre ;
ans trop s'embarrasser de tous ses beaux propos,
    J'approuve fort qu'on s'en délivre.

    C'est ce que firent sagement
    Les cinq familles d'araignées
    Qu'on vient de voir, au mouvement
    Très peu par instinct inclinées.
L'espèce vagabonde, un jour arrogamment
S'en vint leur proposer un nouveau règlement.
    Quitter leurs mœurs, prendre les siennes,
    En un clin d'œil changer d'état,
    Tel en était le résultat.
Quelques-unes, d'abord, mauvaises citoyennes,
    A cette absurde nouveauté
    Se prêtèrent en étourdies ;
L'empire d'Arachné, quelque temps agité,
    Des plus sanglantes tragédies
En devint le théâtre, et l'on vit un moment
Des mouches, moucherons, guêpes, cousins, moustiques,
    Les incommodes républiques
Se flatter de pouvoir bientôt impunément,
    N'ayant plus d'ennemis à craindre,
    Remplir l'immensité des airs !...

Mais il est une loi qu'on ne saurait enfreindre ;
C'est l'immuable loi qui régit l'univers.
On la peut, un instant, détourner de sa voie ;
　　Naples, l'Espagne, la Savoie,
L'ont prouvé récemment; mais Lisbonne, bientôt,
　　Va, soumise à la même épreuve,
　　Fournir une nouvelle preuve
Qu'ici-bas la nature est l'unique pivot
　　Autour duquel tout se meut, tout s'arrange :
　　On la défie; elle se venge.
L'homme a beau s'agiter pour briser ce ressort
　　De l'existence universelle;
Il y perdra toujours sa peine et son effort.
Malgré lui revivra cette règle éternelle :
Chaque peuple a ses mœurs, ses besoins et ses goûts,
Chaque pays son ciel, chaque être son essence :
Prétendre aux mêmes lois les assujettir tous
N'est qu'un rêve insensé de l'orgueil en démence.
Caressez, corrompez, usez de violence,
　　Efforts perdus : vous n'en obtiendrez rien.
　　C'est ce que sentirent très bien
　　Les cinq familles sédentaires
Qui, loin d'elles chassant leurs turbulentes sœurs,
S'accordèrent enfin pour bannir leurs chimères,
　　Et gardèrent leurs vieilles mœurs.

3 Octobre 1827.

~~~~~~

FABLE CINQUIÈME.

LE MULET MUSELÉ.

Un mulet, dans un attelage,
Avait seul les naseaux emboités dans l'osier.
Le voyant dans cet équipage,
Chacun de l'éviter. En vain le muletier
Criait-il aux passans, leur montrant son panier :
Passez, passez ; le drôle sera sage ;
Pas un ne voulait s'y fier.
Mulet rétif, s'il ne peut mordre, rue,
Répliquait-on ; à tout hasard,
De l'autre côté de la rue
Nous serons mieux qu'auprès de ce pendard.
Avaient-ils tort, les passans ? Non, sans doute !
Quant à moi, volontiers je fuis tout démêlé
Avec de tels marauds ; et je veux qu'on redoute
Tout méchant, quoique muselé.

4 Octobre 1827.

TABLE.

FIN DE LA TABLE.

NOTA.

De tous les autres ouvrages de l'auteur, dont la collection s'élève à 36 vol., et vraisemblablement n'existe complète que dans sa Bibliothèque, il ne lui reste plus qu'un seul exemplaire; ceux dont on a vu la liste au revers du frontispice sont les seuls dont il puisse encore disposer.

Il espère bien (à l'âge où il est il n'a plus rien à taire, n'ayant plus rien à craindre et guère que cela à espérer), il espère bien qu'après sa mort il se trouvera des éditeurs et des commentateurs qui paieront à sa mémoire plus, peut-être, que ce qu'on aurait dû lui payer à lui-même de son vivant; mais, en attendant, il ne serait pas fâché de trouver, dans l'écoulement de ce qui lui reste de ses ouvrages ci-dessus, un léger adoucissement de ce que lui a coûté, pendant quatorze ans passés, l'ingratitude de la restauration, qui n'a payé que par des calomnies pitoyables et par des outrages vraiment décourageans de toute fidélité future, de nouveaux orages survenant, ce qu'il a fait pour elle depuis 36 ans, aux dépens de sa fortune qu'il a perdue huit fois à son service, et plus souvent encore au péril de ses jours.

➡ IMPRIMERIE ANTHELME BOUCHER RUE DES BONS-ENFANS N°. 34. ⬅